mxere

¡Aprende a leer, paso a paso!

Listos para leer   Preescolar–Kínder
• letra grande y palabras fáciles • rima y ritmo • pistas visuales
Para niños que conocen el abecedario y quieren comenzar a leer.

Leyendo con ayuda   Preescolar–Primer grado
• vocabulario básico • oraciones cortas • historias simples
Para niños que identifican algunas palabras visualmente
y logran leer palabras nuevas con un poco de ayuda.

Leyendo solos   Primer grado–Tercer grado
• personajes carismáticos • tramas sencillas • temas populares
Para niños que están listos para leer solos.

Leyendo párrafos   Segundo grado–Tercer grado
• vocabulario más complejo • párrafos cortos • historias emocionantes
Para nuevos lectores independientes que leen oraciones simples
con seguridad.

Listos para capítulos   Segundo grado–Cuarto grado
• capítulos • párrafos más largos • ilustraciones a color
Para niños que quieren comenzar a leer novelas cortas, pero aún
disfrutan de imágenes coloridas.

STEP INTO READING® está diseñado para darle a todo niño una
experiencia de lectura exitosa. Los grados escolares son únicamente guías.
Cada niño avanzará a su propio ritmo, desarrollando confianza en sus
habilidades de lector.

Recuerda, una vida de la mano de la lectura comienza con tan sólo un paso.

Text copyright © 2019 by Amy Krouse Rosenthal Revocable Trust
Cover art and interior illustrations copyright © 2019 by Bridgette Barrager
Translation copyright © 2022 by Penguin Random House LLC

Written by Candice Ransom
Illustrations by Lissy Marlin

Step into Reading, LEYENDO A PASOS, Random House, and the Random House colophon are registered trademarks of Penguin Random House LLC.

Visit us on the Web!
StepIntoReading.com
randomhousekids.com

Educators and librarians, for a variety of teaching tools, visit us at RHTeachersLibrarians.com

Library of Congress Cataloging-in-Publication Data
ISBN 978-0-593-48408-1 (Spanish pbk.) — ISBN 978-0-593-48409-8 (Spanish lib. bdg.) —
ISBN 978-0-593-48410-4 (Spanish ebook)

Printed in the United States of America
10 9 8 7 6 5 4 3 2 1

First Spanish Edition

La primera pijamada de Uni

UNICORNIO Uni

un libro de Amy Krouse Rosenthal
ilustraciones basadas en el arte de
Brigette Barrager
traducción de Juan Vicario

Random House New York

Esta noche es la primera
pijamada de Uni.
¡Uni no puede esperar!

Uni trota

a la cima

de la Colina Soleada.

Goldie, Pinkie y Silky

ya están ahí.

–Juguemos a
la pelota brillante
–dice Goldie–.
A eso jugué en mi
última pijamada.

Goldie le pasa
la pelota a Uni.

Uni la patea
al lodo.

Uni está fuera
del juego.

A Uni no le importa.

La pijamada

aún es divertida.

—Yo puedo hacer colores
cuando corro
—dice Pinkie—.
Lo aprendí en mi
última pijamada.

—Yo quiero hacer eso
—dice Uni.

Pinkie corre rápido.

Hace un trazo rosa.

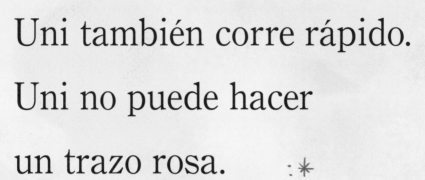

Uni también corre rápido.
Uni no puede hacer
un trazo rosa.

A Uni no le importa.
La pijamada
aún es divertida.

Después van
al Estanque Hondo.

–Yo puedo patear una piedra
hasta el otro lado
–dice Silky.

–Lo hice en mi
última pijamada–.
La piedra de Silky
vuela como un ave
sobre el Estanque Hondo.

Le toca a Uni.
Su piedra cae
en el agua.

Uni ya no

se está divirtiendo.

El sol se pone.

Está oscuro.

Los unicornios
se acuestan en sus cobijas.
Las estrellas
brillan en lo alto.

De pronto, el cielo
se cubre de nubes.
Las estrellas se han ido.

Un búho ulula.

Está *muy* oscuro.

21

Uni escucha a
alguien llorar.
—¿Qué pasa?
—pregunta Uni.

–Me da miedo la oscuridad
–dice Goldie.

–A nosotros también
–dicen Pinkie y Silky.

–¡Ya sé! –dice Uni–.
Tendamos
nuestras cobijas
para sentirnos a salvo.

24

La tienda de campaña ayuda.

Pero los unicornios

aún no se duermen.

Así que Uni

les cuenta un cuento.

Es acerca

del sol radiante

y un arcoíris

y de aves volando
en el cielo.
Poco a poco,
los unicornios
cierran los ojos.

El sol brilla

y se despiertan.

Es un nuevo día.

–¡Cuentas buenos cuentos, Uni! –dice Goldie–. ¡Me encantaría escuchar más!

Uni está feliz.
También tiene
un talento.

A Uni le emociona
su siguiente pijamada.
–Juguemos a
la pelota brillante
–dice Uni.